BFFF
SERI, NE ME DIS PAS QUE TU ÉTAIS EN-CORE EN TRAIN DE TE FAIRE UN BRUSHING ?
TU EN VEUX VRAIMENT !
C'EST NORMAL, NON ?!
CE RENDEZ-VOUS, C'EST MA DERNIÈRE CHANCE POUR LES GRANDES VACANCES !

85

L'Amour
à tout Prix

WELCOME

BONJOUR, JE SUIS MINAMI KANAN ! TOUT D'ABORD, JE TIENS À VOUS REMERCIER D'AVOIR ACHETÉ CE MANGA, "L'AMOUR À TOUT PRIX", QUI EST MON 5E MANGA EN TOUT ! AUPARAVANT, J'AVAIS DU MAL À TROUVER MES PROPRES ŒUVRES DANS LES LIBRAIRIES, MAIS DEPUIS QUELQUES TEMPS, J'EN VOIS DE PLUS EN PLUS ET ÇA ME REND VRAIMENT TRÈS HEUREUSE ! ET PUIS, COMME VOUS AVEZ PU LE REMARQUER SUR LA COUVERTURE, IL S'AGIT DU NUMÉRO UN, CE QUI SIGNIFIE QUE L'HISTOIRE VA SE POURSUIVRE SUR PLUSIEURS VOLUMES. RIEN QUE DE PENSER À L'ESPACE QUE LES LIBRAIRES VONT DEVOIR ATTRIBUER À MES ŒUVRES, ÇA ME REMPLIT DE JOIE ! (JE SUIS BÊTE)

POUR LA COUVERTURE DE CE PREMIER VOLUME, JE ME SUIS DONNÉE BEAUCOUP DE MAL ! D'HABITUDE, OU PLUTÔT JUSQU'À PRÉSENT, JE ME CONTENTAIS DE DONNER UN CROQUIS ET HOP, À VOUS DE VOUS DÉBROUILLER ! MAIS POUR CETTE COUVERTURE, J'AI DONNÉ MON AVIS ET ÇA M'A BEAUCOUP PLU ! (LAISSER LES AUTRES S'EN CHARGER, C'EST AUSSI AMUSANT, CAR ON NE SAIT JAMAIS QUEL VA ÊTRE LE RÉSULTAT !)

EN TOUS CAS, J'ESPÈRE QUE CE PREMIER TOME VOUS PLAIRA !

MINAMI KANAN

(JANVIER 2003)

M KANAN 2003.1

DEPUIS L'ÉPOQUE DE "LA GOURMETTE DE PERLES", CELA FAISAIT LONGTEMPS QUE JE N'AVAIS PAS DESSINÉ DE COUPE DE CHEVEUX À PART POUR LE TRAVAIL ! HUM... CE N'EST PAS BIEN ! IL FAUT AUSSI QUE JE M'AMUSE UN PEU, SINON...

1

CETTE FOIS-CI EN TOUT CAS, J'AI FAIT PAS MAL D'ERREURS ! (AÏE) LA PLUS VOYANTE ÉTANT CELLE DU BRACELET GAUCHE DE TAMAKI ! TANTÔT, IL SE TROUVE SUR LE POIGNET DROIT, TANTÔT IL A DISPARU... BIEN SÛR, J'AI TOUT CORRIGÉ POUR LA PUBLICATION EN RELIÉ, MAIS MÊME AVEC UN SI GRAND NOMBRE D'ERREURS, JE N'AURAIS RIEN VU SI JE N'AVAIS PAS EU DE REMARQUES PAR COURRIER ! (RIRE JAUNE)

À LIRE APRÈS LA LECTURE DU CHAPITRE !

ET POURTANT, LORSQUE JE DESSINE DES VÊTEMENTS, J'AI TOUJOURS TOUTES MES INFOS PAR ÉCRIT... PAR LA SUITE, J'AI QUAND MÊME CONTINUÉ À FAIRE D'AUTRES ERREURS ! POURQUOI ? POURTANT, J'AVAIS RÉUSSI À N'EN FAIRE PRATIQUEMENT AUCUNE JUSQU'À LA "GOURMETTE DE PERLES"... SNIF SNIF ! JE VEUX M'APPLIQUER !!

PETITE PARENTHÈSE MAIS, POUR CETTE PREMIÈRE ILLUSTRATION COULEUR, JE ME SUIS RENDUE COMPTE QUE LA COULEUR DES YEUX DE NOS DEUX HÉROS N'AVAIT PAS VRAIMENT ÉTÉ DÉTERMINÉE ! SUR LA DOUBLE PAGE PRÉCÉDENTE, LES COULEURS DES YEUX SONT INVERSÉES ! QUELQU'UN S'EN EST-IL RENDU COMPTE ?

TAP
DÉSOLÉE, GRANDE SŒUR !
TAP
TAP
C'EST PAS VRAI !
DÈS QUE TU T'EXCITES UN PEU TROP, IL FAUT TOUJOURS QUE TU FASSES DU KARATÉ ! IL FAUDRAIT PENSER À CORRIGER CE PETIT DÉFAUT !
SI TU AIMAIS TANT LE KARATÉ, IL NE FAL-LAIT PAS ARRÊTER !
TOP
...
ÇA ME VA COMME ÇA !
DEPUIS QUE J'AI ARRÊTÉ, J'AI BEAUCOUP CHANGÉ !!

...
ET ALORS ?
QUI EST TON PARTENAIRE CETTE FOIS-CI ?
AH BON ?
UN ÉLÈVE DE LA SECTION SCIENTIFIQUE DE MON ÉCOLE !
QUOI ? LA SECTION SCIENTIFIQUE...
C'EST LA MÊME QUE CELLE DE TAMAKI, NON ?!
BABOM
JE SUIS CERTAINE QU'IL EST DEVENU UN BEAU JEUNE HOMME...
JE NE SAIS PAS ! SES COURS N'ONT PAS LIEU DANS LE MÊME BÂTIMENT QUE LE MIEN !
J'Y VAIS !
BABOM

TCHII TCHII
CRI CRI
AHH...
TAMAKI...
DIS, DIS, TAMAKI !
早坂道場

TU VEUX BIEN T'ENTRAÎNER AVEC MOI ?
SERI À 11 ANS.
PAS QUESTION !
HEIN ? POURQUOI ?
PARCE QUE JE SUIS SÛR DE GAGNER !
NON, AUJOURD'HUI, C'EST MOI QUI GAGNERAI !
HAHAHA
TU TE DOIS D'ACCEPTER UN COMBAT QUAND ON T'EN PROPOSE UN...
TAMAKI !
TOUT À FAIT SENSEI !
ON NE T'A RIEN DEMANDÉ, PAPA !
BOM

HAHAHA
AU DOJO, APPELLE-MOI "SENSEI" !
C'EST MOI QUI FERAI LE JU-GE !
ALLEZ, METS-TOI À TA PLACE TAMAKI !
YOUPI
...
AÏE
ZUT, MON T-SHIRT...
JE L'AI OUBLIÉ !
...
TANT PIS !
ALLEZ-Y !
BAM

* ACTION SIMULTANÉE DE 2 ADVERSAIRES ARRIVANT EN MÊME TEMPS SUR LEUR CIBLE RESPECTIVE, NDT.

SERI, TU N'AS PAS MIS DE T-SHIRT…
HA !
BAM
MAIS…
BOM

* PRONONCÉ QUAND UN DES COMBATTANTS MARQUE UN POINT, NDT.

J'AI RÉUSSI !!
PON
GÉNIAL, SERI-CHAN !!
WOUAHH
TU AS BATTU LE FILS DU SENSEI, C'EST FORMIDABLE !!
WOUAHH
GRR
TAMAKI, J'AI ENFIN RÉUSSI À TE BAT-TRE !
DÉSORMAIS...

DEPUIS CE JOUR, TAMAKI...
NE M'A PLUS JAMAIS ADRESSÉ LA PAROLE, NI COMBATTU AVEC MOI !
CE FUT UNE EXPÉRIENCE SI DOULOUREUSE...
QU'UNE FOIS RENTRÉE AU COLLÈGE, J'AI ARRÊTÉ LE KARATÉ !
MON PREMIER...
TCHI!
AMOUR...
TCHI!

Restaurant d'Okonomiyaki
DEPUIS CE MOMENT, J'AI CHANGÉ !
SERI !!
AUJOURD'HUI, ILS SONT PLUTÔT PAS MAL !
TSSS
C'EST VRAI ?
IL EN MANQUE ENCORE UN MAIS...
CLAC
BONJOUR...
EXCUSEZ-MOI...
AH... JE SUIS DÉSO...

... LÉE...
SERI ?!
TA... TAMAKI ?!

HÉ... C'EST QUOI ÇA ?!
TIENS HAYASAKA, TU ES FINALEMENT VENU !
CETTE CHOSE IMPORTANTE ... NE ME DIS PAS QUE ... ?
OUI... UN RENDEZ-VOUS... TRÈS IMPORTANT ... ♡
VU LE NOMBRE DE PARTICIPANTS ...
SERI, TU CONNAIS DONC QUELQU'UN DANS LA SECTION SCIENTIFIQUE !
EUH... OUI...
DU CALME
OH NON...
C'EST PAS VRAI !
DIS SERI, TU CONNAIS TAMAKI ?
NON, PAS CETTE QUESTION !
JE NE PEUX PAS LEUR DIRE QU'ON ÉTAIT PARTENAIRES DE KARATÉ...
VOILÀ, C'EST LA FIN DE MON ÉTÉ !!

❀❀❀ 2 ❀❀❀

MON RESPONSABLE

C'EST AU MOMENT OÙ JE COMMENÇAIS À TRAVAILLER SUR CE MANGA QUE MON RESPONSABLE A CHANGÉ !

CELA FAISAIT 2 ANS ET DEMI QUE JE TRAVAILLAIS AVEC LE PRÉCÉDENT, C'EST POURQUOI, J'ÉTAIS PLUTÔT TENDUE !

D'HABITUDE, ON NE SAIT JAMAIS SI SON RESPONSABLE VA CHANGER OU PAS, MAIS DANS MON CAS, JE SAVAIS DÉJÀ À L'AVANCE QUE MONSIEUR BANCHI QUI S'EST OCCUPÉ DE MOI PENDANT PLUS DE DEUX ANS ALLAIT PRENDRE UN CONGÉ PARENTAL (TOUTES MES FÉLICITATIONS POUR CET HEUREUX ÉVÉNEMENT !).

ME VOILÀ DONC AVEC UN NOUVEAU RESPONSABLE !
MON TROISIÈME RESPONSABLE EST DONC M. TANAKA ! CELA FAIT SEULEMENT SIX MOIS QUE NOUS TRAVAILLONS ENSEMBLE, MAIS J'AI L'IMPRESSION QUE CELA FAIT DÉJÀ 2, VOIRE 3 ANS QUE C'EST LE CAS ! (RIRES) EN PLUS, DEPUIS 6 MOIS, JE PASSE PAS MAL DE TEMPS À LA RÉDACTION DU MAGAZINE À TEL POINT QU'ON ME DEMANDE SOUVENT SI J'HABITE LÀ-BAS ! (RIRES JAUNES)

C'EST JUSTE QUE, PENDANT QUE JE DESSINE, JE N'AI PAS LE TEMPS DE M'HABILLER CONVENABLEMENT NI DE ME MAQUILLER, ALORS DÈS QUE JE PEUX ALLER À LA RÉDACTION, J'EN PROFITE POUR ME CHANGER LES IDÉES ! (RIRES)

C'EST VRAI QUE JE L'AI FRÉQUENTÉ UN MOMENT MAIS...
JE N'ÉTAIS PAS FAITE POUR LE KARATÉ ET J'AI ARRÊTÉ TOUT DE SUITE !
J'AVAIS LA TROUILLE !
TON
HAHAHA
AH, C'EST POUR ÇA !
SERI-CHAN, TU AS BIEN FAIT D'ARRÊTER !
OUAIS ! UNE FILLE QUI AURAIT FAIT DU KARATÉ PENDANT TOUTES CES ANNÉES...
CE N'EST PAS SEXY DU TOUT !!
SNIF

* PARTIE CHARNUE ET SOLIDE À LA BASE DE L'ORTEIL UTILISÉE POUR PORTER UN COUP DE PIED, NDT.

* CÉLÈBRE GROUPE DE POP JAPONAISE, NDT.

* COUP DE PIED CHASSÉ LATÉRAL AU KARATÉ, NDT.

VLAN
BFFF
AH, DÉSOLÉE ! ON VA AUX TOILETTES ENSEMBLE ?!
NON, ÇA IRA !
C'EST RIEN QUE DE L'EAU !
JE TE DIS DE VENIR !!
TOILET
MEN
... TAMAKI.
À QUOI TU JOUES DEPUIS TOUT À L'HEURE ?!
GRRR
QUOI ?!

TU VAS ARRÊTER DÉFINITIVEMENT DE PARLER KARATÉ !
C'EST LA VÉRITÉ, NON ?!
OUI MAIS...
CHAC
CE RENDEZ-VOUS, C'EST MA DERNIÈRE CHANCE !
JE NE SUIS PLUS CELLE QUE TU AS CONNUE !

TU ES PRÊTE À RENIER QUI TU ES RIEN QUE POUR SORTIR AVEC QUELQU'UN ?
BA BOM
EXCUSEZ-MOI OÙ SONT LES TOILETTES ?
...
CLAC
TOILET
MEN
EUH... ATTENDS...
TAMAKI ?!
BADAM

CLAC
QU'EST-CE QU'IL Y A DE PLAISANT À MENTIR...
POUR ÊTRE AVEC UN MEC À TOUT PRIX ?

ALLEZ !
RÉPONDS !
QUELLE FORCE...
JE NE PEUX PAS LE REPOUSSER... !
HAA
... !

C'EST PAS VRAI...
LE TAMAKI QUE J'AI CONNU...
JAMAIS JE N'AURAIS CRU QU'IL DEVIENDRAIT COMME ÇA !!
... IDIOTE...
TU NE CROIS QUAND MÊME PAS QUE JE VAIS TE FAIRE QUELQUE CHOSE ?!
HAA
...
QUOI QU'IL EN SOIT ...
JE ME MOQUE COMPLÈTEMENT DE SAVOIR CE QUE VA DEVENIR CE RENDEZ-VOUS !

DONC, JE TE LAISSE FAIRE CE QUI TE PLAÎT !
... QUOI....
J'AI MAL...
CE N'EST PAS LA FAUTE DE TAMAKI SI LA SITUATION EST CE QU'ELLE EST !

BOWLING
Sawaguchi
SAWAGUCHI
OK, C'EST BON POUR LES GROUPES !
LES PERDANTS PAIENT LE BOWLING !
COURAGE !!
PFFF
JE SUIS FAUCHÉ !
BON, TU NOUS FAIS PAS PER-DRE !
C'EST PLUTÔT À MOI DE DIRE ÇA !

ENCORE UN SPARE !
C'EST PAS VRAI !
SI ÇA N'AVAIT PAS ÉTÉ LE SECOND LANCER, ON SERAIT DÉJÀ LES PREMIERS !
ÇA CRAINT !
QUI EST-CE QUI A LANCÉ SA BOULE DANS LA GOUTTIÈRE ?
FFF
...

DIS, DIS, KATSU, TU NE VEUX PAS M'APPRENDRE ?
HEIN ?
T'ES BÊTE OU QUOI ?
POURQUOI TON ADVERSAIRE T'APPRENDRAIT À JOUER ?
EUH...
TIENS-TOI DROITE !
NE REGARDE PAS LES QUILLES !
CONCENTRE-TOI SUR LE CENTRE JUSQU'AU LANCER !

OUAIS !!
C'EST MON TOUT PREMIER STRIKE !
♡
KATSU, DÉSOLÉE !
IL FAUT QUE JE REJOUE TANT QUE J'AI CETTE SENSATION EN MOI !
BAM
HEIN ?!
ÇA C'EST MA BOULE, ELLE PÈSE 16 LIVRES ...
CLONG
OUAIS ! ENCORE UNE !!
CLONG
SE... SER!
PFF PFF
DIS HAYA-SAKA...
MOI ET LES AUTRES, ON PEUT VOUS LAISSER SEULS ?

TU AS L'AIR DE BIEN T'ENTENDRE AVEC ELLE...
HEIN ?
CETTE FILLE, ELLE EST UN PEU BIZARRE...
SI ON LA LAISSE FAIRE, ELLE VA TOUT GÂCHER...
OK, PAS DE PROBLÈ-ME !
C'EST VRAI ?
TU NOUS SAU-VES !
COMME ÇA, NOUS AUSSI, ON A UNE CHANCE !
LES AUTRES NE SONT PAS AUSSI VIGOUREUSES !
SLFF

BADOM
JE SUIS TROP DOUÉE !
ENCORE UN STRIKE !
BOM
HÉÉ !
HEIN ?
TAMAKI ?!
AH...

VLAN
MAIS...
QU'EST-CE QUE TU FABRIQUES ?!
... HEIN ... C'EST SURPRENANT...
TU N'AS PAS OUBLIÉ TES KATA !
HAAA
!!

C'EST VRAIMENT PAS UNE FILLE !
OUAIS !
ON SE CASSE !
IL SE MOQUE ENCORE DE MOI !
LES BOULES !
KRRR
QUOI ?!
SORTIR AVEC DES TYPES AUSSI FAIBLES QUE VOUS...
C'EST ME RABAISSER !!

NON... TU LES AS LAISSÉS PARTIR !
CE N'EST PAS GRAVE !
SI ÇA L'EST !
HEIN ?!
QUI VA PAYER LE BOWLING ?
TCH!!
TCH!!
NON, C'EST PAS VRAI !!
JE VAIS ÊTRE FAUCHÉE ! PLUS PERSONNE NE VOUDRA DE TOI !

MOI, C'EST COMME ÇA QUE JE TE PRÉFÈRE !
EN FIN DE COMPTE...
BABOM
CETTE ANNÉE, ON EST EN NOMBRE INSUFFISANT !
TAC
NON...
TU PENSAIS PEUT-ÊTRE QUE J'ALLAIS FAIRE ÇA ?
DEPUIS CES RETROUVAILLES...
JE M'ÉTAIS REMISE AVEC CELUI QUI AVAIT ÉTÉ MON "PREMIER AMOUR" !
...?!!
BON, ON SE VOIT AU STAGE !
MAIS JE NE M'EN ÉTAIS PAS ENCORE RENDUE COMPTE !

* SUPÉRETTE OUVERTE 24H/24, NDT.

← SUITE PAGE 178

3

DANS CE CHAPITRE, ON VOIT POUR LA PREMIÈRE FOIS LES UNIFORMES ! (RIRES) POURQUOI JE RIS ? PARCE QU'AVANT QUE NE COMMENCE LA PRÉPUBLICATION DE "L'AMOUR À TOUT PRIX", IL Y A EU UN CONCOURS DE DESSINS AYANT POUR THÈME LES UNIFORMES ET JE ME SUIS PERMISE D'UTILISER LE PREMIER PRIX ! C'EST POURQUOI DANS LE PREMIER CHAPITRE, ON N'APERÇOIT À AUCUN MOMENT LES UNIFORMES ! (RIRES JAUNES) EN PLUS, CE CHAPITRE COMMENCE AVEC LE STAGE DONC ON NE LES VOIT PAS IMMÉDIATEMENT !

MAIS NE VOUS INQUIÉTEZ PAS ! DÈS LA SECONDE MOITIÉ DU CHAPITRE, ON NE VOIT QUE ÇA !! ET COMME C'EST L'HIVER, ON PASSE EN UNIFORME D'HIVER !

PARMI TOUS LES DESSINS D'UNIFORMES QUE J'AI RÉALISÉS JUSQU'À PRÉSENT, CELUI-CI EST MON PRÉFÉRÉ ! JE SUIS DONC CONTENTE QUE LA PUBLICATION CONTINUE ! MAIS LA CONTREPARTIE, C'EST QU'IL Y A BEAUCOUP DE DÉTAILS ET PAR CONSÉQUENT, IL EST DIFFICILE À DESSINER !

AÏE !!
SERI-CHAN...
TU FERAIS MIEUX DE T'OCCUPER DE LA LESSIVE ... !
DRUM
DRUM
DRUM DRUM
PFFF...

C'EST DONC LE GENRE DE CHOSE QUE FAISAIENT LES DAMES PENDANT LES STAGES D'EN-TRAÎNEMENT... ?
JE LES ENVIE...
EN CE MOMENT, ILS DOIVENT ÊTRE EN TRAIN DE S'EN-TRAÎNER DE TOUTES LEURS FORCES !...
...
HA !
PSSHH

ÇA FAIT DU BIEN !!
BAM
HEIN ?
BOM
BOM
OH NON... !!
TAP
SERI...

MAIS À QUOI TU JOUES ?
TAMAKI...
MERCI...
POM
NE T'APPROCHE PAS !!
CRR CRR
FFF
SI TU VEUX VRAIMENT FAIRE DU KARATÉ, TU PEUX PARTICIPER À L'ENTRAÎNEMENT MAIS...
LE SOIR SEULEMENT !
HEIN ?

ELLE FAIT PEUR...
CETTE FILLE !!
NON, ÇA IRA...
JE SUIS SEULEMENT VENUE DONNER UN COUP DE MAIN...
LA NUIT, TU PEUX VENIR SANS PROBLÈME !
SI JE LE DIS À MON PÈRE, TOUT DE SUITE...
JE TE DIS QUE ÇA IRA !!
RÉFLÉCHIS AVANT DE PARLER !!
MOI...
JE DÉTESTE LES FILLES UN PEU TROP COSTAUDES ET PAS TRÈS FÉMININES...
C'EST QUOI ÇA ?

QUOI ! TU AS PERDU UNE FOIS CONTRE MOI QUAND NOUS ÉTIONS EN CM2....
ET APRÈS TU M'AS COMPLÈTEMENT IGNORÉE !
C'EST POURQUOI JE...
J'AI ARRÊTÉ DE FRÉ-QUENTER LE DOJO !
... AH !
CE JOUR-LÀ... ?
ÇA N'A RIEN À VOIR AVEC MA DÉFAITE CONTRE TOI OU BIEN...
...
ALORS POURQUOI TU T'ES ENFUI ?!
BOM
HEIN ?!
BON, JE DOIS RETOURNER AU DOJO !
ATTENDS UN PEU !!

TU EN AS DÉJÀ TROP DIT ALORS VA JUSQU'AU BOUT !
JE SUIS INTRI-GUÉE !
CRSHH
SI TU T'APPROCHES TROP, JE VAIS ENCORE T'EM-BRASSER !
HEIN ?
D'ACCORD, ALORS BATTONS-NOUS !
HEIN... ?
MAIS SI JE GAGNE, TU DEVRAS TOUT ME DIRE !
ÇA TE LAISSE SANS VOIX, N'EST-CE PAS ?!

SERI...
UN MATCH PAR IPPON !
TU NE PENSES PAS GAGNER ?!
PAS DE PROBLÈME ! COMME ÇA FAIT PLUS DE TROIS ANS QUE JE N'AI PAS PRATIQUÉ, JE T'IMPOSE UN HANDICAP !
IL T'EST INTERDIT D'UTILISER TES DEUX JAMBES !
HUM...
TU N'AS PAS CONFIANCE EN TOI ?
NON...
JE N'AI PAS BESOIN NON PLUS DE MA MAIN DROITE !
HEIN ?

SI JE PEUX UTILISER MA MAIN GAUCHE, ÇA ME SUFFIT !
HMM
AH BON...
NE REVIENS PAS EN ARRIÈRE APRÈS !
MAIS EN ÉCHANGE...
SI JE GAGNE, TU DEVRAS FAIRE TOUT CE QUE JE TE DEMANDE !
SOIT, MAIS FAUT-IL ENCORE QUE TU GAGNES !
ALLEZ !
COMMENÇONS !!

C'EST... PAS VRAI ...
IL EST RAPIDE !
VLAN
VLAN
MAIS ...
SI JE BLOQUE SA MAIN GAUCHE ...
BOM
JE PEUX RÉUSSIR !
SCHHH

BOM
VOILÀ !
IPPON !!
FFF
PFFF
PLOC
PLOC
C'EST PAS VRAI...
TAMAKI...
IL N'EST MÊME PAS ESSOUFFLÉ...

4

LES PHOTOCOPIES

ENFIN...
J'AI ENFIN FAIT L'ACQUISITION D'UN PHOTOCOPIEUR ! NOIR ET BLANC SEULEMENT MAIS BON... ÇA M'AIDE BEAUCOUP !

JUSQU'À PRÉSENT, C'ÉTAIT UNE PETITE PHOTOCOPIEUSE DE TYPE FAMILIAL, ALORS QUE MAINTENANT, JE N'AI PLUS À EN ROUGIR TELLEMENT IL EST PERFORMANT !

AUPARAVANT, AVANT LA DATE LIMITE D'ENVOI DE MES DESSINS, JE ME PRÉCIPITAIS TOUJOURS DANS LA SUPÉRETTE LA PLUS PROCHE POUR Y FAIRE TOUTES LES PHOTOCOPIES D'UN COUP MAIS DORÉNAVANT...

J'AI SA MAJESTÉ LA PHOTOCOPIEUSE !!

PAPA, JE TE SUIS VRAIMENT RECONNAISSANTE !

MA CHAMBRE EST ENCORE PLUS PETITE QU'AVANT MAIS BON...

TON ESTIME EST IRREMPLAÇABLE !

JE CROIS QUE TU N'AS PLUS LE DROIT DE ME POSER DES QUESTIONS !
ATTEN...
CRSHH
QUOI ...
ON S'ÉTAIT BIEN MIS D'ACCORD ?! TU DOIS DÉSORMAIS FAIRE TOUT CE QUE JE TE DEMANDE !
!!
AH OUI, C'EST VRAI !
OU ALORS TU TE RÉTRACTES ?
JE NE TE SAVAIS PAS SI LÂCHE !
ESPÈCE DE...
JE FERAI TOUT CE TOUT CE QUE TU VOUDRAS !
SI JE LE FAIS, ÇA TE CONVIENT !

OK !
DÉSORMAIS,
TU ES MON
JOUET !
SLURPS
HEIN ?!
JOUET ?!
C'EST
QUOI
ÇA...
TU ES
MON
JOUET...
ALORS NE
RÉSISTE
PAS !
ET TA
PROMESSE
?!
SSSH

NON !!
HEIN...
TAMAKI ?
BAM
ALLEZ, LE SOIR AUSSI, IL FAUT S'ENTRAÎNER AVEC PLEIN D'ENTRAIN !
TIENS, NE SERAIT-CE PAS SERI-CHAN ?!
MAIS QU'EST-CE QUE VOUS FAITES ?
... PAPA ...
SERI A ENVIE DE PARTICIPER AUX ENTRAÎNEMENTS !
TAMAKI !
AH BON ! C'EST VRAI QU'IL EST DIFFICILE D'OUBLIER LE CHARME DU KARATÉ UNE FOIS QU'ON Y A GOÛTÉ !
HA HA HA
HEIN ... ?
EUH ...

* NDT : SÉQUENCE DE TECHNIQUES DONT LE DÉROULEMENT REPRODUIT UN SCHÉMA DE COMBAT.

À PARTIR D'AUJOURD'HUI, CETTE JEUNE FILLE PARTICIPERA AUX ENTRAÎNEMENTS !
SALUTATIONS !!
HA HA HA
ENCHANTÉE, JE M'APPELLE SERI NAGAKURA !
TAP TAP
ENCHANTÉ
SCHHHUUUU
TCHI TCHI

SERI !
D'ACCORD !
ÇA FAISAIT LONGTEMPS !
ON MANGE ENSEMBLE CE MIDI ?!
ALORS, COMMENT S'EST TERMINÉ VOTRE RENDEZ-VOUS DE LA DERNIÈRE FOIS ?
BOF BOF !
PAR CONTRE, TOI, ÇA S'EST PLUTÔT BIEN PASSÉ AVEC TAMAKI NON ?!
ÇA S'EST BIEN PASSÉ ? ... EUH...
SERI !
ON VA MANGER !
HAA
HEIN ?!
IL EST VENU SPÉCIALEMENT DE SON BÂTIMENT POUR LA VOIR !
C'EST ÇA, L'AMOUR !
TAIS-TOI !
NE ME POUSSE PAS !

SALLE DE SCIENCES 2
... ATTENDS !
POURQUOI FAUT-IL QU'ON MANGE ICI...
ENTOURÉS DE TOUTES CES BESTIOLES CONSERVÉES DANS DU FORMOL ?
IL FAIT FRAIS ICI, NON ?!
EN PLUS, POURQUOI...
SOMMES-NOUS RIEN QUE TOUS LES DEUX ?
SERI...
PLOFF
PFFF
SPLASH !
AH...
C'EST PAS VRAI !
J'AI LAISSÉ MON MOUCHOIR DANS LA CLASSE...
MAIS QU'EST-CE QUE TU FABRIQUES ?

SLURPS
... !!
MAIS QU'EST-CE QUE TU FAIS ?!
TU VAS ÊTRE TOUTE TREMPÉE !
EN PLUS, UN JOUET, ÇA NE PARLE PAS !
HAN

PFF
QU'EST-CE QUE TU RESSENS ?
HAAA
VLAN
MAIS ...
LA SUITE, C'EST POUR LA PROCHAINE FOIS ! ♪
CLAC
MAIS...

VLAN
VLAN
JE SUIS DÉGOÛ-TÉE !!
QUEL IMBÉCILE, CE TAMAKI !!
BOM
HEIN ?
NON, JE NE PEUX PLUS M'ARRÊTER !
BOM

HOLÀ !
!!
EST-CE... QUE ÇA VA ?
SI J'AVAIS SU...
SSs
QU'IL Y AVAIT DANS NOTRE ÉCOLE UNE FILLE COMME TOI...

JE M'APPELLE SORA MINA-GAWA !
ET TOI, TU VEUX BIEN ME DIRE TON PRÉNOM ?
MOI... C'EST SERI NAGAKURA, MAIS...
SERI-CHAN... JE M'EN SOUVIEN-DRAI !
C'EST LA PREMIÈRE FOIS QUE J'AI DE LA CHANCE EN ARRÊTANT UN COUP DE PIED !
ET CETTE COLLERETTE ROSE EST TRÈS MIGNONNE !
SMACK
AAH ! C'EST SORA !!
HAA...
J'ESPÈRE QUE LA PROCHAI-NE FOIS, ON POURRA PARLER DAVANTAGE !
À BIEN-TÔT SERI-CHAN !

ON TE CHERCHAIT, SORA !
PARDON, PARDON !
QUI C'EST... CE TYPE ?!
DRIIING
SERI, ÇA TE TENTE UNE GLACE APRÈS LES COURS ?
OUI, OUI !!

DADADA
SERI, ON RENTRE !!
HAA HAA
C'EST BIEN LA FORCE DE L'AMOUR !!
OUI !
MA GLACE !.. !
MAIS...
POURQUOI ES-TU SI PRESSÉ ?!
TOI LE JOUET, TU TE TAIS ET TU ME SUIS !
...
JE VOUS AI ENFIN TROUVÉS !
BOM

BOM
TAMAKI HAYASAKA !
AUJOURD'HUI ENFIN, MOI QUI SUIS LE NUMÉRO UN DU CLUB DE KARATÉ MÊME SI JE NE SUIS QU'EN SECONDE...
JE TE DÉFIE POUR EN FINIR AVEC TOI !
OOOH
ÇA RECOMMENCE !
IL EST CHIANT !
AUJOURD'HUI, JE NE TE LAISSERAI PAS T'ENFUIR !
FFFF
OH
AH... !
PENDANT LA PAUSE DÉJEUNER, C'ÉTAIT TOI ...

MAIS OUI, C'EST TOI SERI-CHAN !
RE-BONJOUR !
QUOI ?! TU LE CONNAIS ?!
JE NE SAIS PAS TROP SI ON PEUT DIRE ÇA MAIS...
HEIN...
JE NE SAVAIS PAS QUE TU CONNAISSAIS TAMAKI ?
SI C'EST LE CAS, JE FERAI MIEUX DE TE PRÉVENIR !

SERI-CHAN VA DEVENIR MA PETITE AMIE !
ALORS NE NOUS EMBÊTE PAS !
HEIN... ?!

" SERI-CHAN
VA DEVENIR MA
PETITE AMIE ! "

5

À PARTIR DE CE TROISIÈME CHAPITRE, LES APPARITIONS DE SORA SE FONT DE PLUS EN PLUS NOMBREUSES ! (RIRES) CEPENDANT, ÇA N'A PAS FAIT PLAISIR À MES ASSISTANTES ! (RIRES JAUNES) EN EFFET, MOI J'AIME BEAUCOUP SORA CAR SA COUPE DE CHEVEUX EST FACILE À DESSINER ! PAR CONTRE, EN CE QUI CONCERNE LES TRAMES... EN PLUS, COMME JE DESSINE BEAUCOUP DE DÉTAILS, C'EST ENCORE PLUS DIFFICILE, PARAÎT-IL ! DÉSOLÉE, DÉSOLÉE ! SI EN PLUS, ON RAJOUTE À CELA LE FAIT QU'IL FAUT UTILISER DIFFÉRENTES TRAMES POUR LES CHEVEUX, LES VÊTEMENTS, LE VISAGE, ALORS LÀ, IL EST TOTALEMENT DÉTESTÉ PAR MES ASSISTANTES ! LE PAUVRE !

EN CE QUI ME CONCERNE, CELUI QUE JE TROUVE LE PLUS EMBÊTANT À DESSINER, C'EST TAMAKI ! (RIRES JAUNES)

CHAQUE FOIS QUE JE DESSINE SES CHEVEUX GRAS, J'AI L'IMPRESSION QUE JE VAIS MOURIR ! DESSINER AUX PINCEAUX CALLIGRAPHIQUES ME FATIGUE BEAUCOUP !! PAR CONTRE, IL NE POSE PAS DE PROBLÈMES À MES ASSISTANTES ET DONC ELLES L'APPRÉCIENT PARTICULIÈREMENT ! POUR CE QUI EST DE SERI, ELLE NE FAIT PARTIE D'AUCUN DE CES DEUX CAS !

TAMA-KI... ?
BA BOM
BA BOM
"MA CHOSE" ...?
CE N'EST PAS TA PETITE AMIE ?
SORA, TU NE VEUX PAS DE CETTE FILLE COMME PETITE AMIE, HEIN-?! C'EST PAS VRAI-!!
NON-!!
C'EST BIEN ÇA !

ON A FAIT UN COMBAT DE KARATÉ ET J'AI GAGNÉ CE DROIT !
N'EST-CE PAS, SERI ?!
... OUI...
C'EST QUOI ÇA ? CE N'EST PAS UN PEU LOUCHE ?!
SERI-CHAN N'EST PAS UNE CHOSE !!

ET DONC...
RAISON DE PLUS POUR EN FAIRE MA PETITE AMIE !
OOH
ATTENDS-MOI !
SORA, POURQUOI CETTE FILLE ?!
OOH
MOI AUSSI, JE VEUX UN BAISER !
OOH

COMMENT AS-TU FAIT POUR RENCONTRER MINAGAWA ?
PFF... QUE DES ENNUIS !
...
C'EST QUE...
DANS LE COULOIR ...
JE LUI AI DONNÉ UN COUP DE PIED ...
HAHA
OUAHH... IL VA SE MOQUER DE MOI...
AU FAIT, IL A VU MA CULOTTE ...
IL A DÛ VOIR TOUTE TA CULOTTE ?!

BONG
MAIS COMMENT PEUX-TU LE SAVOIR ?
TROP FORT !
...
CE N'EST PAS GRAVE CAR C'EST UNE CULOTTE QUI LUI A PLU DONC...
OUF
DIS DONC, ÇA N'A PAS L'AIR DE BEAUCOUP TE PRÉOCCUPER ?!
SI TU DONNES UN COUP DE PIED ALORS QUE TU PORTES UNE JUPE...
C'EST NORMAL QU'ON VOIE TA CULOTTE, NON ?!
PARDON, JE SUIS DÉSOLÉE !

MAIS POURQUOI JE M'EXCUSE ?!
... !
BLOF
BFFFF ?!
PFFF
MAIS... ? TAMA... KI...
TCHAP
!!
ATTEN...
MAIS JE CROYAIS QUE ÇA NE TE GÊNAIT PAS QU'ON VOIE TES SOUS-VÊTE-MENTS ?!
TCHAC TCHAC

GLPS
MFF...

QUOI
... ?!
POURQUOI
AUTANT DE
BRUTALITÉ
... ?!
SNIF
SNIF
FFF
...
MFFF
...
NON... !

GLPS
!

NE MONTRE PLUS TES SOUS-VÊTEMENTS COMME ÇA !
METS-TOI UN PEU DANS LA TÊTE QUE TU ES MA CHOSE !!
AUJOURD'HUI, JE SUIS ALLÉ UN PEU TROP LOIN !
EXCUSE-MOI...
TAMAKI...

SERI, ON RENTRE !
AH... DÉSOLÉE TAMAKI !
MAIS AUJOURD'HUI, J'AI UNE RÉUNION DE DÉLÉGUÉS DONC JE NE PEUX PAS RENTRER AVEC TOI !
UNE RÉUNION DE DÉLÉGUÉS ?
C'EST BIENTÔT LA FÊTE DU SPORT, NON ?!
JE SUIS DÉLÉGUÉE DE SPORT DONC...
RÉUNION d'APPLICATION de la FÊTE du SPORT.

MAIS… ON VIENT À PEINE DE SE RENCONTRER …
ET PUIS…
JE SUIS SI … COSTAUDE…
MAIS QU'EST-CE QUE TU DIS ?
JE SUIS TOMBÉ AMOUREUX DE LA SERI QUI FAIT DU KARATÉ !

AH... AH BON ?
... À PRO- POS...
QUE SIGNIFIAIT TOUT CE QU'A DIT HAYASAKA HIER ?
CETTE HISTOIRE DE "CHOSE"...
BA BOM
HEIN...
ON S'EST JUSTE DÉFIÉS DANS UN MATCH DE KARATÉ...
ET J'AI PERDU...
ET VOILÀ COMMENT JE SUIS DEVENUE LE "JOUET" DE TAMAKI...
HA HAHA
LE "JOUET" ?!
C'EST QUOI ÇA ? C'EST VRAIMENT INCROYABLE !!
OUI, MAIS C'ÉTAIT UN MATCH DANS LES RÈGLES...

ÇA N'A RIEN À VOIR AVEC LE MATCH !!
CETTE CONDITION ELLE-MÊME EST STUPIDE !!
MOI, JAMAIS JE NE T'AURAIS TRAITÉE DE LA SORTE.
RASSURE-TOI, SERI-CHAN !
JE VAIS TE LIBÉRER !

MAIS QUE DOIS-JE FAIRE ?
... AH !
OK !
NE T'INQUIÈTE PAS ET FAIS-MOI CONFIANCE !
HA... D'ACCORD ...
...

6

FUROKU*

C'EST LA PREMIÈRE FOIS QU'ON M'A DEMANDÉ À L'OCCASION DE " L'AMOUR À TOUT PRIX " DE FAIRE UN FUROKU ! J'EN AVAIS DÉJÀ FAIT UN AUPARAVANT MAIS POUR UN NUMÉRO SPÉCIAL DE MAGAZINE... CETTE FOIS-CI, C'EST DIFFÉRENT ! QUOI QU'IL EN SOIT, JE SUIS VRAIMENT TRÈS CONTENTE ! CE PREMIER FUROKU A ÉTÉ UN PETIT SAC À MAIN (EN PLASTIQUE) !

JE SUIS PLUTÔT NULLE POUR CE GENRE DE CRÉATION (RIRES) ! BIEN SÛR, LE MAGAZINE FLOWER COMICS** RENTRE DANS CETTE CATÉGORIE, MAIS JUSQU'À PRÉSENT LE SEUL FAIT D'ÊTRE PUBLIÉE ME RENDAIT HEUREUSE !
J'EN RÊVAIS, VRAIMENT, VRAIMENT ! J'AI DONC ÉPROUVÉ UNE GRANDE JOIE LORSQUE J'AI DÉCOUVERT QU'IL S'AGISSAIT DES FUROKU SPÉCIAL ÉTÉ ! MAIS QU'EST-CE QUE J'AI EU DU MAL AVEC MON STOCK DE MINI COUSSINS ! (RIRES) (TRÈS GROS RIRES)

ÇA ME REND VRAIMENT CONTENTE, MAIS COMME JE MANQUE D'ORGANISATION, IL ARRIVE SOUVENT QUE JE NE TRAVAILLE PAS DANS DE BONNES CONDITIONS ! JE MANQUE VRAIMENT DE VOLONTÉ ! J'AIMERAIS POUVOIR GÉRER MON TEMPS D'UNE MEILLEURE FAÇON...

* PETITS CADEAUX OFFERTS DANS LES MAGAZINES DE PRÉPUBLICATION, NDT.
** MAGAZINE DANS LEQUEL A ÉTÉ PRÉPUBLIÉ CE MANGA, NDT.

TAMAKI... !
À PARTIR DE MAINTENANT, ÇA N'A PLUS RIEN À VOIR AVEC LES DÉLÉGUÉS !
POURQUOI A-T-IL ATTENDU SI TARD... ?
NE ME DITES PAS QUE...
JE SUIS TRÈS SURPRIS DE VOIR QUE TU AS ATTENDU TOUT CE TEMPS !
ÇA SIGNIFIE QUE TOI AUSSI TU TIENS BEAUCOUP À SERI-CHAN !
HEIN ?
BA BOM
HEIN...

C'EST VRAI ?!
EUH... PAS ...
... VRAI-MENT !
NGGG
AAH !
NGG NGG
ALLEZ, ON RENTRE !
... HAYASAKA, TU AS ÉTÉ CHOISI POUR REPRÉSENTER LE CLUB...
PENDANT LA COMPÉTITION DE KARATÉ QUI SERA L'ÉVÉNE-MENT MAJEUR DE LA FÊTE DU SPORT !

ON VA ENFIN POUVOIR S'AFFRONTER !
J'AI DONC UNE OFFRE À TE FAIRE !
SI JE GAGNE...
SERI-CHAN NE SERA PLUS TON JOUET !

...
OU BIEN, TU PENSES N'AVOIR AUCUNE CHANCE DE ME VAINCRE ...
C'EST POURQUOI TU NE VEUX PAS PARTICI-PER ?!
SERI...
À TOI DE DÉCIDER !
HEIN... ?
JE TE LAISSE CHOISIR !
MAIS MOI, JE N'AVAIS PAS ENVIE DE DÉCIDER !
BA BOM
BA BOM
BA BOM

BIEN SÛR QU'IL FAUT ACCEPTER UNE TELLE PROPOSITION !
COURAGE SORA !!
HAA
AH ! J'AI DE PLUS EN PLUS HÂTE QUE LA FÊTE DU SPORT COMMENCE !
QUEL PEUT BIEN ÊTRE LE NIVEAU DE SORA AU KARATÉ ?
IL A DIT QU'IL AVAIT ÉTÉ AU NIVEAU NATIONAL, UN TRUC COMME ÇA...
TU PARLES BEAUCOUP AUJOURD'HUI !
HEIN ?
QUE VEUX-TU !
J'AI ENFIN UNE CHANCE QUE TON PETIT JEU S'ARRÊTE POUR DE BON !

AH... MAIS SI C'EST TOI QUI GAGNES, QUE VAIS-JE DEVENIR ?
TU NE SERAS PLUS MON JOUET, MAIS MON ESCLAVE !
ARGHHH
DONC... IL FAUT QUE SORA GAGNE À TOUT PRIX !!
TIENS... ET SI LA PROCHAINE FOIS...
J'ALLAIS FAIRE UN PETIT TOUR AU CLUB DE KARATÉ ?
TAIS-TOI UN PEU !

HOP
HMM

TU
AS ASSEZ
PARLÉ POUR
AUJOURD'HUI !
MAIS...
POURQUOI...
LE BAISER
D'AUJOURD'HUI...

EST-IL SI DOUX... ?
RIE, TU MANGES AVEC MOI ?!
TIENS ?
AUJOURD'HUI NON PLUS, TAMAKI NE VIENT PAS ?
ÇA FAIT DÉJÀ PLUS D'UNE SEMAINE...
OUI...
IL A SÛREMENT SES RAISONS !
OU BIEN...
IL S'EST LASSÉ ?
DEPUIS CE BAISER, TAMAKI...

IL N'EST PLUS VENU ME VOIR...
NI POUR LE DÉJEUNER, NI APRÈS LES COURS...
SE MOQUE-RAIT-IL DE MOI MAINTENANT ?
TAMAKI...
FFF
FFF
FFF

PAN
PAN
JE DÉCLARE OUVERTE LA 25E FÊTE DU SPORT DU LYCÉE RYÔSUI !

7

CHAPITRE 4 : CETTE FOIS-CI, J'AI FAIT BEAUCOUP D'EFFORTS POUR DESSINER LES PROFESSEURS DE LA SECTION SCIENTIFIQUE ! (RIRES JAUNES) CE N'EST PAS LA PREMIÈRE FOIS QUE JE DESSINE DES HOMMES ÂGÉS MAIS JE NE VOULAIS SURTOUT PAS DE DANDYS ! (RIRES) JE ME PRÉOCCUPE DE CHOSES UN PEU BIZARRES ! (RIRES)
À PROPOS, EST-CE QUE LES LYCÉENNES D'AUJOURD'HUI PORTENT TOUJOURS DES "CULOTTES DE SPORT" POUR FAIRE DU SPORT ? LORSQUE J'ÉTAIS AU LYCÉE, J'AI PORTÉ DES "CULOTTES DE SPORT" EN PREMIÈRE ANNÉE. ENSUITE ON EST PASSÉ À DES SHORTS ! APRÈS LE CHANGEMENT, JE ME SUIS DEMANDÉ POURQUOI JUSQU'À MAINTENANT LES FILLES AVAIENT DÛ FAIRE DU SPORT EN "CULOTTE" ?
CE N'EST PAS CLAIR DU TOUT ET ÇA M'EMBÊTE COMME QUAND LES JOURS FÉRIÉS TOMBENT PENDANT MES JOURS DE CONGÉS ! SI QUELQU'UN CONNAÎT LA RÉPONSE, QU'IL ME LA DONNE ! PARCE QUE J'AI BEAU Y RÉFLÉCHIR, JE NE VOIS QU'UNE SEULE RÉPONSE : LE HARCÈLEMENT SEXUEL !
BEN OUI, UNE CULOTTE DE SPORT C'EST PRESQUE UNE CULOTTE !

DITES, DITES...
C'EST BIENTÔT LE MOMENT DU COMBAT DE KARATÉ ENTRE LA SECTION GÉNÉRALE ET LA SECTION SCIENTIFIQUE !
SORA, LE CHAMPION DU CLUB DE KARATÉ, Y PARTICIPE N'EST-CE PAS ?
UNE VICTOIRE FACILE POUR LA SECTION GÉNÉRALE !
BA BOM
SERI-CHAN NE SERA PLUS TON JOUET !
VA-T-IL VRAIMENT AFFRONTER SORA AUJOURD'HUI ?

TA...
TAMAKI !!
L'HEURE DE LA CONFRONTATION...
APPROCHE...
... EN EFFET...

...
BATS-TOI COMME IL FAUT !
FFF
TU VEUX PLUTÔT QUE JE SABOTE TOUT, NON ?!
HAAA
POUR UN SPORTIF...
NE PAS SE BATTRE LOYALEMENT, C'EST LA PIRE DES CHOSES, NON ?
ALORS...
QUOI QU'IL EN SOIT...
PAN
Il vous faut trouver M. Katô, professeur de maths et résoudre ce problème avant de vous rendre au but ! Problème :
PROFESSEUR, VOUS Y ÊTES ARRIVÉ ?
ATTENDEZ...
PAN

CES DERNIERS TEMPS, TU NE VIENS PLUS MANGER AVEC MOI, NI MÊME ME CHERCHER...
QUE SE PASSE-T-IL ?
...
TU VEUX QUE JE M'OCCUPE DE TOI À CE POINT LÀ ?!
HAAAAA
NON, CE N'EST PAS ÇA... !
NE T'INQUIÈTE PAS, JE NE ME LAISSERAI PAS BATTRE !

JE N'AI PAS ENVIE DE PERDRE UN JOUET AUSSI AMUSANT !
SLURPS
!!
TAMA....
SI JE PERDS, CECI SERA NOTRE DERNIÈRE FOIS...
BA BOM
IL FAUT QU'ON EN PROFITE AU MAXIMUM !

!
SCHLL
ATTEN...
GRRR
JE T'AI DÉJÀ DIT QU'UN JOUET NE DEVAIT PAS RÉSISTER !
?!
SCHLL

TU PEUX AU MOINS TENIR TES MAINS !
HEIN ? HEIN ?
SI TU LE LÂCHES, TU POURRAIS TE FAIRE MAL.
... !!
BA BOM
BA BOM

OUAH, ON ENTEND BIEN LES BATTEMENTS DE TON CŒUR !
TU ES GÊNÉE ?
BIEN SÛR QUE JE LE SUIS !
IMBÉCILE !
... HUM..
AVANT ÇA NE TE GÊNAIT PAS POURTANT...
?!
PCHH
HEIN...
ARR ...
TAMAKI...
NON !!
SI TU NE VEUX VRAIMENT PAS, POURQUOI TU NE RÉSIS-TES PAS DAVANTAGE ?

"UN JOUET NE RÉSISTE PAS !"
RÉSIS-TER....
J'EN SUIS BIEN INCAPABLE !
HUM...
MAIS ALLER JUSQU'AU BOUT...
TOUT EN ÉTANT TRAITÉE DE LA SOR-TE...
SSS
!
HEIN ?

TOP
SE...
AH
TAC TAC
TAC TAC
SERI...

JE TROUVE ÇA GÉNIAL...
SI TU ES VRAIMENT CONTRE...
QUE TU VEUILLES À TOUT PRIX RESPECTER TA PROMESSE MAIS...
TU PEUX REFUSER, CE N'EST PAS UN PROBLÈME !
TOP TOP
TAMAKI... ?

HAYASAKA !
C'EST ENFIN LE GRAND JOUR !
TU T'ES PRÉPARÉ PSYCHOLOGIQUEMENT À PERDRE SERI ?!
MINA-GAWA...
EST-CE QUE TU AIMES VRAIMENT SERI ?...

CE N'EST PAS QU'UN SIMPLE PRÉTEXTE POUR T'EN PRENDRE À MOI ?
C'EST PAS VRAI... TOI AUSSI !
FFF
CE N'EST PAS DU TOUT LE CAS !
OK ! DANS CE CAS-LÀ...
SI TU VENAIS VRAIMENT À SORTIR AVEC SERI...
JE NE VEUX PAS SORTIR AVEC QUELQU'UN AU POINT DE FAIRE UN TEL CAPRICE !
SERI M'A DIT LA MÊME CHOSE !
QUE FERAS-TU DE TOUTES CES FILLES ?
AAH !! COURAGE SORA !!
ELLES PEUVENT S'EN PRENDRE À ELLE !

J'AI DÉJÀ RÉFLÉCHI...
À CE QUI POURRAIT SE PASSER RÉELLEMENT !
MAIS...
OOH !
IL M'A REGARDÉE !
C'EST L'UNE DES RAISONS POUR LESQUELLES JE VEUX ÊTRE AVEC UNE FILLE FORTE !
ELLE SERA CAPABLE DE RÉSISTER À TOUT CE QUE POURRA LUI FAIRE SUBIR..
CETTE TROUPE DE FILLES QUI NE CESSE DE ME SUIVRE PARTOUT !
ET J'AI ENFIN TROUVÉ SERI-CHAN !
JE FERAI TOUT POUR LA DÉCROCHER !
ENTRÉE DES PARTICIPANTS À LA COMPÉTITION D'ARTS MARTIAUX, SECTION KARATÉ !

ALLONS-Y !
VAS-Y, SORA !!
VICTOIRE FACILE POUR LA SECTION GÉNÉRALE !
À VOS PLACES !
WOUAH
WOUAH
HAYASAKA, TU ES LE SEUL ESPOIR DE LA SECTION SCIENTIFIQUE !
274
18

C'EST UNE VICTOIRE POUR TAMAKI !
TAMAKI, MAINTENANT !!
SERI, TU FERAIS MIEUX D'ENCOURAGER LA SECTION GÉNÉRALE !
EUH...
NON, EN AUCUN CAS, ÇA SIGNIFIE QUE JE VEUX ÊTRE UN JOUET... !
HEIN ?!
BON SANG ! IL EST PLUS FORT QUE JE NE LE CROYAIS !
BOM
!!
VLAN

BAM
?!
IPPON !
VAINQUEUR...
LA SECTION GÉNÉRALE !
WOUAHH
RETOURNEZ À VOS PLACES TOUS LES DEUX !
HAYASAKA, TU...

ALLEZ
SORA, IL EST VRAIMENT TRÈS FORT !
MAIS...
SI ÇA CONTINUE COMME ÇA...

COMME ÇA, SERI N'EST DÉSORMAIS PLUS MON JOUET...
MAIS JAMAIS JE NE TE LA LAISSERAI !
TAMAKI !

NON MAIS… C'ÉTAIT QUOI ÇA, À L'INSTANT ?!
SERI, DÉPÊCHE-TOI ! C'EST L'HEURE DU RELAIS !
ON T'APPELLE !
HEIN…
SERI… VIENS VITE !!
ÇA Y EST, NOUS AVONS LE CLASSEMENT FINAL !
WOUAHH
AVEC 367 CONTRE 271, CETTE ANNÉE ENCORE, C'EST UNE VICTOIRE DE LA SECTION GÉNÉRALE !!
J'AI TROP BRONZÉ !
OUAIS, C'EST PAS BIEN DU TOUT !
J'EN ÉTAIS SÛRE, IL NE VIENT PAS …
JE NE SUIS PLUS SON JOUET, DONC C'EST NORMAL !!

TAMAKI, POURQUOI A-T-IL FAIT EXPRÈS DE PERDRE ?
"NE T'INQUIÈTE PAS, JE NE ME LAISSERAI PAS BATTRE !"
ALORS QU'IL M'AVAIT DIT LE CONTRAIRE AVANT LE MATCH... !
DÉSORMAIS... JE NE SUIS SANS DOUTE MÊME PLUS SON JOUET...

8

KARATÉ

AH… C'EST TERRIBLE ! (RIRE JAUNE) APRÈS LE FOOT DANS "LA GOURMETTE DE PERLES", CETTE FOIS-CI, C'EST DU KARATÉ ! CES DERNIERS TEMPS, J'AI L'IMPRESSION QU'ON M'A ATTRIBUÉ L'ÉTIQUETTE SUIVANTE : "MINAMI KANAN EST SPÉCIALISTE DU SPORT" ! (RIRES)
… SINCÈREMENT, ÇA NE VEUT PAS DIRE QUE J'AI TOUT SPÉCIALEMENT ENVIE DE TRAITER DU SPORT !
JE VOULAIS SIMPLEMENT DESSINER UNE HÉROÏNE FORTE ET ÉPANOUIE. J'AI MÊME PENSÉ AU TENNIS, MAIS FINALEMENT JE ME SUIS DIT QU'UN SPORT JAPONAIS, CE SERAIT PLUS CLASSE ET J'AI DONC CHOISI LE KARATÉ !
FINALEMENT, GRÂCE À CE CHOIX, JE ME RETROUVE AVEC BEAUCOUP DE TRAITS DE VITESSE À DESSINER ET C'EST TERRIBLE ! (RIRE JAUNE)
MAIS BON, DES JEUNES HOMMES EN TENUE DE KARATÉ, C'EST SEXY, NON ?!
MOI, JE TROUVE QUE TAMAKI EST PLUS BEAU EN KIMONO QU'EN UNIFORME ! QUANT À SORA, C'EST EN BLAZER QUE JE LE PRÉFÈRE ! (LÀ, JE VIENS DE FAIRE PLEURER MON ASSISTANTE !)
J'AI ÉTÉ TRÈS SURPRISE DE CONSTATER EN LISANT VOS LETTRES QU'IL Y AVAIT PAS MAL DE LECTRICES QUI AVAIENT FAIT DU KARATÉ MAIS QUI AVAIENT TRÈS RAPIDEMENT ABANDONNÉ !
J'AIMERAIS BIEN ESSAYER ! MAIS AVEC MES MUSCLES ACTUELS, JE SUIS CERTAINE QUE LE JOUR SUIVANT, JE SERAIS INCAPABLE DE BOUGER… VOIRE MÊME PIRE !
DÉJÀ QU'EN FAISANT MA GYMNASTIQUE QUOTIDIENNE EN ÉCOUTANT LA RADIO, JE SOUFFRE BEAUCOUP !!

BADAM
QU… SERI ?! MAIS QU'EST-CE QUE TU FAIS ?!
IL AVAIT UNE QUESTION QUE JE VOULAIS À TOUT PRIX TE POSER !!
CRRR
J'AIMERAIS QUE TU Y RÉPONDES !
BA BOM
BA BOM
POURQUOI AS-TU FAIT EXPRèS DE PERDRE ?
C'EST JUSTE QUE…

TU N'AS PLUS BESOIN DE MOI, C'EST BIEN ÇA ?!
POUF
MÊME EN TANT QUE JOUET, JE SUIS DEVENUE INUTILE ?!
HEIN ?!
C'EST POURQUOI TU VIENS PLUS ME VOIR..
BOM
MAIS... ATTENDS !!
TAC
SERI !

JE...
JE VEUX RESTER À TES CÔTÉS...
MÊME SI CE N'EST QU'EN TANT QUE JOUET !!
JE N'AI PLUS BESOIN DE JOUET !!

C'EST DE TOI DONT J'AI ENVIE !
SI TU AVAIS ÉTÉ MON JOUET...
JE PENSAIS POUVOIR ÊTRE AVEC TOI SANS RAISON PRÉCISE !
C'EST POURQUOI JE ME SUIS ENTRAÎNÉ MIDIS ET SOIRS EN PENSANT BATTRE MINAGAWA !
C'EST POUR ÇA QU'IL N'EST PAS VENU ME VOIR...

MAIS JE ME SUIS RENDU COMPTE QUE C'ÉTAIT LÂCHE...
ET QUE JE NE VOULAIS PLUS TE FAIRE PLEURER !
SNIFF
POURTANT ...
POURQUOI TU PLEURES ENCORE ?
TU N'ES PAS CONTENTE ?
TU DÉTESTAIS BIEN ÊTRE TRAITÉE COMME UN JOUET, NON ?
JE... TAIS... PAS..
HEIN ?
JE NE DÉTESTAIS PAS ÇA !

SERI... TU...
TU NE SERAIS PAS UN PEU MASO ?
HEIN ?
MAIS NON !!
J'TE JURE !
UN BAISER...
... EST IRRÉSISTIBLE S'IL EST FAIT AVEC ASSEZ DE TENDRESSE !
PARCE QUE...
JE T'AIME !!

MOI AUSSI...
JE T'AIME SERI !!

AT-TENDS !
NE ME REGARDE PAS COM-ME ÇA !
POUR-QUOI ?
NE TE CACHE PAS !
OH
?
SLURPS
MAIS QU'EST-CE QUE…
…
HMM…
ÇA N'A RIEN AVOIR AVEC CE QU'IL ME FAISAIT QUAND J'ÉTAIS SON JOUET !

C'EST SI DOUX...
ET SI BON...
COMMENT MON PREMIER AMOUR QUE JE CROYAIS TERMINÉ...
A-T-IL PU ÉVOLUER DE CETTE FAÇON ?

9

DANS CE NOUVEAU CHAPITRE, UN TOUT NOUVEAU REBONDISSEMENT ! L'ARRIVÉE DU PROFESSEUR KUJÔ !
JE PENSE QUE VOUS APPRENDREZ BEAUCOUP DE CHOSES LA CONCERNANT DANS LE VOLUME 2 DE "L'AMOUR À TOUT PRIX" ! MAIS ELLE NE SERA PAS LA SEULE, VOUS EN APPRENDREZ DAVANTAGE SUR LE PASSÉ DE SORA ! ALORS NE RATEZ SURTOUT PAS LE VOLUME 2 !!
EN CE QUI CONCERNE CE CHAPITRE, VOUS Y TROUVEREZ BEAUCOUP DE SCÈNES D'ACTION ! CE FUT TERRIBLE À DESSINER POUR MOI, MAIS AUSSI POUR MES ASSISTANTES QUI ONT DÛ DESSINER LES DÉCORS APPROPRIÉS ! MERCI POUR TOUT !
PETITE PARENTHÈSE, LE PROFESSEUR KUJÔ NE SEMBLE PAS AVOIR LA CÔTE AUPRÈS DES LECTRICES VU LES LETTRES QUE J'AI REÇUES, CERTAINES ALLANT MÊME JUSQU'À DIRE QU'ELLE ÉTAIT INSUPPORTABLE !! (RIRE JAUNE) AU DÉBUT, J'AI ÉTÉ UN PEU PANIQUÉE EN CROYANT QUE CES LETTRES PARLAIENT DE MOI ! MAIS EN RÉALITÉ, ELLES PARLAIENT DE CE PERSONNAGE !

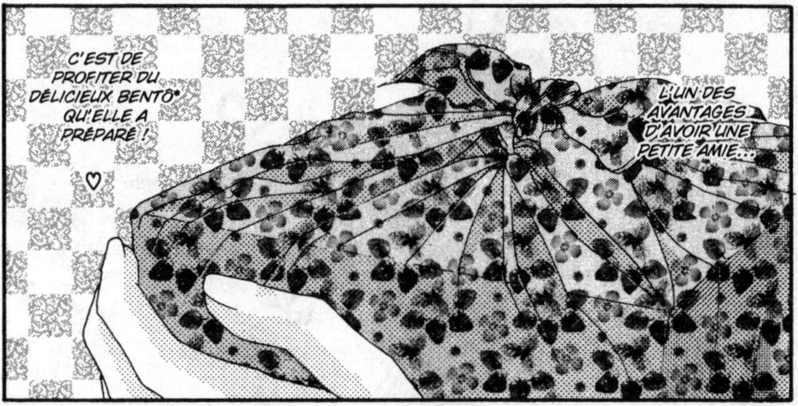

* LE BENTÔ EST UN REPAS PRÉPARÉ À L'AVANCE, NDT.

TU VAS OÙ ? TU NE VEUX PAS DÉJEUNER AVEC MOI ?
SORA !
DÉSOLÉE, MAIS JE VAIS AU BÂTIMENT DE LA SECTION SCIENTIFIQUE !
SECTION SCIENTI-FIQUE ?!
C'EST PAS VRAI... NE ME DIS PAS QUE...
TAMAKI CONTINUE À TE FORCER À ÊTRE SON JOUET ?!
NON, NON PAS DU TOUT !
JE SUIS TOMBÉ AMOUREUX ...
DE LA SERI QUI FAIT DU KARATÉ !
SORA... EUH...
JE...

JE SORS AVEC TAMAKI !
HEIN... ?! MAIS... MAIS...
HEIN HEIN
TU PENSES VRAIMENT ÊTRE BIEN AVEC UN GARÇON QUI T'AS TRAITÉE PENDANT UN MOMENT COMME SA CHOSE ?
... OUI !

C'EST MOI QUI VOUS AI SERVI D'ENTREMETTEUR, SI JE COMPRENDS BIEN ?!
C'EST PAS VRAI...
FFF
EUH...
CE N'EST PAS GRAVE ! TANT PIS !
MAIS...
SI TU AS BESOIN DE CONSEILS OU AU MOINDRE PROBLÈME...
N'HÉSITE PAS À VENIR ME VOIR !
JE TE CONSOLERAI !!

DE TOUT MON CORPS ! ♡
SMACK
À LA PROCHAINE !
DÉSOLÉE SORA...
ET MERCI !
OUAH !
JE DOIS ME DÉPÊCHER, C'EST BIENTÔT LA FIN DE LA PAUSE DÉJEUNER !

SALLE DE SCIENCES NUMÉRO 2... NUMÉRO 2
NON ! JE PERDS TROP DE TEMPS AVEC LES ESCA-LIERS !
DANS CES CAS-LÀ...
IL FAUT...
SAUTER...

AAH
AAH
AAH
AAH
AAH
AAH
BAM
FAITES QUE J'AIE DE LA CHANCE ...

SCHHHTT
WOUAH
A...
HA-
HA....
JE
SUIS TROP
FORTE !!
DADAN

C'EST PAS VRAI, MON BENTÔ ... !!
FFF... FFF...
TU ES PLEINE D'ÉNERGIE !
C'EST UNE TRÈS BONNE CHOSE MAIS...
LA PROCHAINE FOIS, NE SAUTE PAS PLUS DE 2 OU 3 MARCHES À LA FOIS !
FFF FFF
HA...

JE SUIS VRAIMENT DÉSO-LÉE…
À CAUSE DE MOI, TOUTES VOS FEUILLES SE SONT ÉPARPILLÉES ….
TOC
C'ÉTAIT BIEN TOI, J'EN ÉTAIS SÛR !
TAMAKI…
TIENS TAMAKI ! MERCI !
BONJOUR PROFESSEUR KUJÔ !

DEPUIS LE SECOND TRIMESTRE, ON NE TE VOIT PRESQUE PLUS DANS LA SALLE DE SCIENCES APRÈS LES COURS ...
QUE SE PASSE-T-IL ?
? DANS LA SALLE DE SCIENCES ?
C'EST QUE...
PLEIN DE CHOSES
CETTE JEUNE FILLE EST TON AMIE ?
NON...
IL S'AGIT DE MA PETITE AMIE !
BA BOM

"MA PETITE
AMIE"...
KYUU
PETITE... AMIE...
OUI !
JE M'APPELLE SERI NAGAKURA ! JE SUIS EN SECONDE GÉNÉRALE !
HUM
... AH BON...
DÉPÊCHEZ-VOUS, LA MOITIÉ DE LA PAUSE DÉJEUNER S'EST DÉJÀ ÉCOULÉE...
TAMAKI, ALLONS-Y !
AU REVOIR PROFESSEUR !

SALLE DE SCIENCES 2
AUJOURD'HUI ...
JE T'AI FAIT MON SPÉCIAL BENTÔ ! ♡
BERK
OH... !
TOUT À L'HEURE, IL A ÉTÉ UN PEU MAL TRAITÉ, C'EST POURQUOI MAINTENANT À PREMIÈRE VUE...
IL A BEAU AVOIR ÉTÉ MAL TRAITÉ, ÇA N'EX-CUSE PAS CE CÔTÉ UN PEU TROP CUIT...
HAHA
HMMM
... MAIS BON...

POUR UNE PREMIÈRE FOIS, C'EST QUAND MÊME UNE RÉUSSITE !
EN PLUS, JE SUIS CERTAIN QUE TU PEUX FAIRE ENCORE MIEUX, NON ?
MIAM MIAM
C'EST VRAI ?
OUAH !
OUI !
GLA
GLA
J'ESPÈRE QUE CE SERA LE CAS !
DIS TAMAKI... TOUT À L'HEURE, LE PROFESSEUR KUJÔ OU JE NE SAIS QUOI...
C'EST TA PROF PRINCIPALE ?
NON !
ELLE EST PROFESSEUR PRINCIPALE DE LA SECTION BIOLOGIE !

AH BON...
QU'A-T-ELLE VOULU DIRE PAR "ON NE TE VOIT PRESQUE PLUS DANS LA SALLE DE SCIENCES APRÈS LES COURS..."
ELLE AVAIT L'AIR PLUTÔT FAMILIÈ-RE...
ELLE FAISAIT PARTIE DES PROFESSEURS STAGIAIRES LORSQUE J'ÉTAIS ENCORE AU COLLÈGE...
HEIN...
AH BON...
OUI !
À CETTE ÉPOQUE, JE LUI POSAIS BEAUCOUP DE QUESTIONS SUR CE QU'ELLE FAISAIT À L'UNI-VERSITÉ !
LE POINT DE VUE D'UN PROFESSEUR, C'EST VRAIMENT TRÈS INTÉRES-SANT !
C'EST ORIGINAL... NOUVEAU...

C'EST LA PREMIÈRE FOIS QUE JE VOIS TAMAKI...
SI HEUREUX...
J'AI CHOISI CE LYCÉE PARCE QU'ELLE Y TRAVAILLAIT ...
ET SOUVENT APRÈS LES COURS, JE LA REJOIGNAIS POUR CONTINUER NOS DISCUSSIONS !
FFF...
EN PLUS, ELLE EST PLUTÔT BELLE...
IDIOTE !!

TU N'AS PAS DE RAISON D'ÊTRE JALOUSE !
JE NE SUIS PAS DU TOUT JALOU-SE... !
HAAAA
C'EST VRAI ?
PARFAITE-MENT !
... SI C'EST LE CAS, ALORS...
BOM BOM
NON ! PAS DE BISOUS !
PFFF
POF
?!
NON... EN VRAI JE SUIS FOLLE DE JA...

AH
FFF
FOLLE DE QUOI ?
...
FOLLE DE JALOUSIE BIEN SÛR !!
PARCE QUE JE T'AIME TAMAKI !!
JE VEUX QUE TU NE SOIS QU'À MOI !!

HMM... HMM...
... !
ATT...
C'EST PRESQUE LA FIN DE LA PAUSE...
HMM...
DRIIING
TIENS !
...
TANT PIS...
ON AURA ENCORE PLEIN D'OCCASIONS !
OUI... !

10

Ultra Thanks

- MLLE HARUHI NAGASE (ASSISTANTE POUR LES GRANDS DÉCORS ! MERCI !!)
- MLLE RUKA MANA (ASSISTANTE POUR LES DÉCORS, PETITS OBJETS, ET LES TRAMES ! J'AIME BEAUCOUP SON CRAN !)
- MON RESPONSABLE ACTUEL M. TANAKA (MERCI POUR TOUTES LES RÉUNIONS ET POUR VOTRE PATIENCE ! DÉSOLÉE POUR TOUS MES RETARDS !)
- MON PRÉCÉDENT RESPONSABLE M. BANCHI (MERCI POUR TOUT CE QUE VOUS AVEZ FAIT !)
- MA FAMILLE (POUR SA GENTILLESSE ET SON ATTENTION !)

ET PUIS UN GROS MERCI POUR VOUS TOUS, MES LECTEURS !

VOS LETTRES M'ENCOURAGENT ÉNORMÉMENT ! JE SUIS DÉSOLÉE SI JE NE LE MONTRE PAS ! JE SUIS UN PEU MOLLE... N'HÉSITEZ PAS À ME DONNER VOS OPINIONS SUR CE MANGA ! VOICI L'ADRESSE :

SHÔGAKUKAN SHÔJO COMIC EDITIORIAL DEPARTMENT MINAMI KANAN 2-3-1 HITOTSUBASHI CHIYODA TOKYO 101-8001

LE PROFESSEUR KUJÔ…
EH BIEN, JE VAIS T'ATTENDRE !
LE PROBLÈME C'EST QUE J'AI PAS MAL DE QUESTIONS À LUI POSER …
ÇA RISQUE DE PRENDRE PAS MAL DE TEMPS …
PAS DE PROBLÈME, JE T'ASSURE !
HUM
美茶
PFFF…
POURQUOI…
FAUT-IL QUE CE SOIT UNE JEUNE ET JOLIE PROFESSEUR ?

TAMAKI A BEAU DIRE QUE CE N'EST QU'UNE PROF...
SI UNE SI BELLE FEMME VENAIT À LUI FAIRE DES AVANCES...
"JE VAIS T'APPRENDRE CE QU'EST UNE VRAIE RELATION ENTRE ADULTES !"
"PROFES-SEUR"
NON !!
NON, NON ET NON ! JE NE DOIS PAS PENSER À CE GENRE DE CHOSES !
DANS CE GENRE DE SITUATION, RIEN DE MIEUX QUE ....
VLAN

J'EN ÉTAIS SÛRE, ÇA ME FAIT UN BIEN FOU !
BADAM
!!
SERI-CHAN, MAIS QU'EST-CE QUE TU...
BOM
ATTEN-TION...
OUPS !
OUF
OUF... !

SPLASH
!!!
SORA, JE SUIS DÉSOLÉE !
HAHA
TU NE CHANGES PAS, SERI-CHAN !
QU'EST-CE QUE TU FAIS LÀ TOUTE SEULE ?
J'ATTENDS TAMAKI !
IL AVAIT À FAIRE AVEC UNE CERTAINE PROFESSEUR DE BIOLOGIE, MLLE KUJÔ...
KUJÔ...
EN PLUS, C'EST UNE TRÈS BELLE FEMME...
FFF
DIS, SERI-CHAN !
TU AS DÉJÀ VU NOTRE CLUB DE KARATÉ ?
HEIN ?
JE SUPPOSE QUE NON !
TU T'ENNUIES LÀ TOUTE SEULE À ATTENDRE, NON ?!

... D'AC-CORD !
SALLE DE SCIENCES 2
DÉSO-LÉE...
DE T'AVOIR DEMANDÉ DE VENIR...
NE VOUS INQUIÉTEZ PAS !
ÇA N'A PAS POSÉ DE PROBLÈME AVEC TA PETITE AMIE ?

JE T'AI APPORTÉ LE LIVRE SUR LA GÉNÉTIQUE DONT JE T'AI PARLÉ LA DERNIÈRE FOIS !
C'EST VRAI ?
J'AI PENSÉ QU'IL VALAIT MIEUX TE LE REMETTRE AU PLUS VITE...
MERCI BEAUCOUP !
C'EST UN PEU DIFFICILE...
MAIS LES EXPLICATIONS SONT TRÈS BIEN !

J'AI ÉTÉ TRÈS SURPRISE... !
TAMAKI, JE CROYAIS QUE TU PRÉFÉRAIS LES FILLES UN PEU PLUS INTELLIGENTES...
?
TA PETITE AMIE...
AH BON ?
BIEN SÛR !
TU N'ES QU'EN SECONDE ET POURTANT TU ARRIVES DÉJÀ À COMPRENDRE DES LIVRES SUR LA GÉNÉTIQUE D'UN NIVEAU BAC+1 !
ÇA N'A RIEN À VOIR !
SERI, ELLE EST... COMMENT DIRE... ?

ELLE EST SPÉCIALE POUR MOI !
C'EST VRAI ... ?
TU AS DONC TROUVÉ QUELQU'UN DE BIEN !
JE SUIS CONTENTE POUR TOI...

ALORS, QU'AS-TU PENSÉ DE NOTRE CLUB ?
C'ÉTAIT GÉNIAL !
J'AI ÉTÉ TRÈS SURPRISE PAR VOTRE ÉQUIPEMENT !
AH !
TAMAKI !
… AVEC LE PROFESSEUR KUJÔ !
TU AS FINI ?
OUI ! DÉSOLÉ D'AVOIR ÉTÉ SI LONG !

TU VEUX BIEN M'AT-TENDRE UN INSTANT, JE VAIS ME CHANGER !
SORA, MERCI BEAUCOUP POUR AUJOURD'HUI !
BIEN... AU REVOIR TAMAKI !
OUI
MERCI BEAU-COUP !
MINA-GAWA...
MAIS QUEL PIÈTRE PETIT AMI TU FAIS...
TU DEVRAIS T'OCCUPER DAVANTAGE DE SERI-CHAN !
ELLE N'AVAIT PAS L'AIR BIEN TOUT À L'HEURE !

PARCE QUE SI TU NE LE FAIS PAS...
JE N'HÉSITERAI PAS À TE LA PRENDRE !
TCHAP
TCHAP
1-D
CLAC
!

PROFESSEUR KUJÔ...
VÉRIFIE BIEN QUE LA FENÊTRE EST FERMÉE AVANT DE RENTRER !
AH... OUI !
J'AI ENTENDU DIRE QUE TOI ET TAMAKI ÉTIEZ AMIS D'ENFANCE ?!
...
VOUS VOULEZ QUELQUE CHOSE ?
NON, C'EST JUSTE QUE....
LORSQUE DES AMIS D'ENFANCE SE RETROUVENT, ILS ONT TENDANCE À S'EMBALLER...
ET PUIS, LE FOSSÉ QUI S'EST CREUSÉ PENDANT TOUTES CES ANNÉES SE FAIT RESSENTIR...
ET LA SITUATION DÉGÉNÈRE TRÈS SOUVENT... !
EN EFFET...

HMM
QUE VOULEZ-VOUS DIRE PAR LÀ ?
AH... DÉSOLÉE...
JE T'AI FROISSÉE ?
C'EST JUSTE QUE QUAND J'AVAIS LE MÊME ÂGE QUE TOI...
IL M'EST ARRIVÉ CE GENRE DE CHOSE !
TON PETIT AMI...
TAMAKI, IL EST VRAIMENT PARFAIT !
PAS SEULEMENT POUR LE KARATÉ...
MAIS AUSSI POUR LES ÉTUDES !!

QUAND JE SUIS AVEC LUI...
J'EN OUBLIE MÊME QUE JE SUIS PROFESSEUR.. !
À SUIVRE...

* DÉPARTEMENT VOISIN DE TOKYO DANS L'EST DE L'ÎLE DE HONSHŪ, NDT

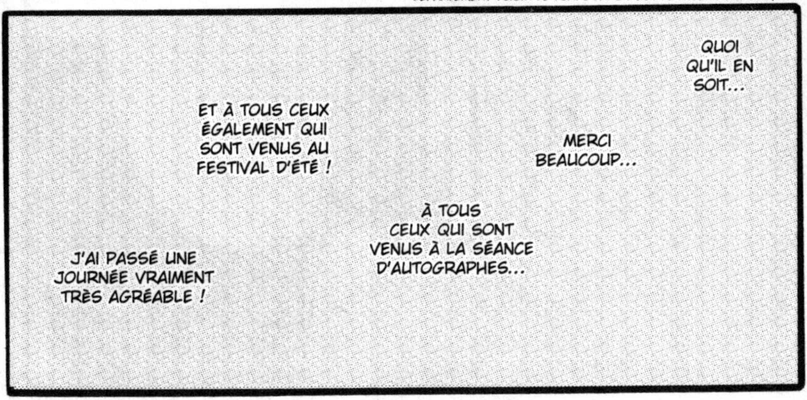

La gourmette de perles
HISA, RENTRE BIEN !
JE RENTRE, BONNE SOIRÉE !

* UN SENPAÏ EST UNE PERSONNE QUI SE TROUVE DEPUIS PLUS LONGTEMPS DANS UNE ORGANISATION, UN EMPLOI, UNE ÉCOLE, UN GROUPE, ETC, NDT

MAIS NE T'INQUIÈTE PAS !
J'AI ENCORE CE QU'IL FAUT DE FORCE POUR SUPPORTER TES HANCHES !
HEIN...

HMM …
HMM …
ON A ÉTÉ DEVANCÉS !
CE TYPE, C'EST MON SENPAÏ AU TRAVAIL ! IL S'APPELLE AMI !
OUAH, J'AI TOUT VU !
BOM
AH… DÉSOLÉE …
HA … MMM …
HEIN ? UN VOYEUR ?
FFFFSHH

IL VAUT MIEUX ABANDONNER POUR AUJOURD'HUI !
HEIN ?!
CE N'EST PAS VRAI !
ON VA CHERCHER UN AUTRE ENDROIT !
HA HA
...
!!
PLOC PLOC
OUI !
ON A DU MAL À TROUVER... !
...

HISA, ON VA PAR LÀ !
HEIN... EUH... OUI !
... HMM... HMM...
SAKYÔ SEN... PAÏ... !
ÇA NE VA PAS POSER DE PROBLÈ-ME...
DE FAIRE ÇA ICI... DANS UN ENDROIT SI ÉLEVÉ... ?

DEPUIS NOTRE PREMIÈRE FOIS, NOUS L'AVONS TOUJOURS FAIT DANS LE PARC...
ALORS QUE J'AI TOUJOURS VOULU T'EMMENER DANS CE GENRE D'ENDROITS !
JE SUIS SI CONTENTE... MERCI... BEAUCOUP !
MAIS ...
PEU IMPORTE L'ENDROIT ...
DU MOMENT QUE C'EST AVEC VOUS, SENPAÏ !
VRIP
VRIP
HISA...

OUI... ?
UNE FOIS DIPLÔMÉS...
ACCEPTERAS-TU DE VIVRE AVEC MOI ?
POUR QUE CE QUI S'EST PRODUIT AUJOURD'HUI NE RECOMMENCE PAS !
... OUI !!

À LIRE À LA FIN

LA GOURMETTE DE PERLES HISTOIRE SPÉCIALE

CE FUT UN MOMENT VRAIMENT AFFREUX ! C'EST-À-DIRE QUE C'ÉTAIT LA PREMIÈRE FOIS QU'ON ME CONFIAIT LA COUVERTURE D'UN NUMÉRO SPÉCIAL MAIS L'HISTOIRE, ELLE, NE DEVAIT FAIRE QUE 8 PAGES ! (RIRES JAUNES)

AU DÉBUT, J'AI PENSÉ FAIRE UNE HISTOIRE SUR KEITO MAIS À BIEN Y RÉFLÉCHIR, JE ME SUIS DIT QU'IL SERAIT IMPOSSIBLE DE DESSINER UNE HISTOIRE INTÉRESSANTE EN SEULEMENT 8 PAGES ! ALORS J'AI DÉCIDÉ DE FAIRE UNE EXCEPTION À LA RÈGLE EN DESSINANT UNE SORTE DE PARODIE DE MES MANGAS ET VOILÀ COMMENT CETTE HISTOIRE EST NÉE !

CETTE IDÉE M'EST VENUE GRÂCE À UNE AMIE DE FAC, APPELÉE KOBOCHAN, QUI AVAIT GRIFFONNÉ À L'ÉPOQUE UNE PARODIE TRÈS NOIRE DE MES ŒUVRES (UNE SEULE PAGE FORMAT B5). RIEN QU'EN LA LISANT, J'EN PLEURAIS DE RIRE !

VOILÀ POURQUOI JE ME SUIS DIT QUE CE SERAIT INTÉRESSANT D'ESSAYER ! (C'EST DU MOINS LE CAS POUR LA PREMIÈRE MOITIÉ DE L'HISTOIRE !)

ET VOUS, QU'EN AVEZ-VOUS PENSÉ ?

CAST
HISA MAKINO
(À PARTIR DE "LA GOURMETTE DE PERLES")
SAKYÔ KOTOGAWA
(À PARTIR DE "LA GOURMETTE DE PERLES")
AYAMI KIRISAWA
(À PARTIR DE "KAKENE NASHI NO LOVE TORIBIKI")
MICHIKA KIRISAWA
(À PARTIR DE "KAKENE NASHI NO LOVE TORIBIKI")
KÔKI SAWAGUCHI
(À PARTIR DE "PERFECT PARTNER")

AU PASSAGE, JE VOUS INFORME QUE KÔKI SAWAGUCHI APPARAÎT À DIVERSES REPRISES DANS CE MANGA ! SAUREZ-VOUS LA TROUVER ? VOILÀ, À BIENTÔT DANS "L'AMOUR À TOUT PRIX 2" !

ATTENTION

VOUS ÊTES À LA DERNIÈRE PAGE. POUR LIRE LE DÉBUT DE L'HISTOIRE, RETOURNEZ LE LIVRE.

Achevé d'imprimé en mai 2007
Imprimerie Oberthur Graphique à Rennes